KRAL ŞAKİR

MUHTİŞİM DEDEKTİFLER!

Kitabın sahibi

.... :)

SEVGİLERİMLE

Varol...

EKSİK PARÇA çocuk

Kral Şakir – Resimli Hikâye Kitabı
2020 Eksik Parça Yayınları

Yayın Yönetmeni: **Asiye Ademir**
Yaratıcı-Çizer: **Varol Yaşaroğlu**
Yazarlar: **Haluk Can Dizdaroğlu, Özgür Öcalan**
İç görseller ve düzenleme: **Tuncer Çelik**
Hikâyeleştiren: **Binnur Miniç, Özgür Öcalan, Haluk Can Dizdaroğlu**
Editör: **Demet Çaltepe, İdil Ademir**
Sayfa ve Kapak Tasarım: **Serkan Cenker**

Baskı ve Cilt: **Optimum Basım San. ve Tic. Ltd. Şti.**
Tevfik Bey Mah. Dr. Ali Demir Cad. No: 51/1 34295
Küçükçekmece / İSTANBUL
Tel: (0212) 463 71 25

Yayınevi Sertifika No: 40882
Matbaa Sertifika No: 41707

1. Baskı: Kasım 2020
ISBN: 978-625-7124-49-2

Eksik Parça Yayıncılık Tic. ve San. A.Ş.
Gülbahar Mah. Elif Sok. No: 4/A Şişli/İST. Tel: 0212 272 45 46
www.eksikparca.com
facebook.com/eksikparcayayinlari
twitter.com/eksikparcayayin
youtube.com/kralsakir

Genel Dağıtım: **İKİ A YAYINCILIK VE DAĞITIM HİZMETLERİ A.Ş.**
Gülbahar Mah. Elif Sok. No: 4/A Şişli/İstanbul
Tel: (0212) 272 45 46 | Fax: (0212) 272 45 55

KRAL ŞAKİR: GERİ DÖNÜŞÜM

"KRAL ŞAKİR GERİ DÖNÜŞÜM" filmi gelecek çağın çocuklarına daha güzel ve sürdürülebilir bir dünya bırakmak için ÇEVRE BİLİNCİNİ oluşturmaya geliyor! Dünyadaki çöpler gün geçtikçe artmakta ve doğayı kirletmektedir. Her sokak, her cadde çöp içindedir. Yetkililer bu sorunu çözmek ve tüm çöplerden kurtulmak için kocaman roketler yapmaya karar verirler. Dünyadaki tüm çöpleri bu roketlere yüklerler ve ardından uzaya yollarlar. Dünya temizlenmiştir ama bu çözüm daha büyük bir problemi yaratmıştır. Uzaya yollanan çöpler başka gezegenlere düşmüş ve orada yaşayan uzaylıları kızdırmıştır. Uzaylılar bu saygısızca davranışın intikamını almak için tüm askerlerini toplayıp dünyaya doğru ilerlemeye başlarlar. Şakir ve ailesi, Mirket'in yardımı ile uzaylıları durdurmaya çalışacak ve çöp sorununu ortadan kaldırmak için, ellerinden geleni yapacaktır.

KRAL ŞAKİR
GERİ DÖNÜŞÜM

KURT ADAM ŞAKİR!

Bu ailenin üyesi olmaktan çok mutlu olduğumu hepiniz biliyorsunuz sanırım...

Bu yaşıma kadar hiç başka biri olmaya özenmedim, sadece kendimi daha fazla geliştirmek için çaba harcadım.

En çok da bilgisayar oyunlarında geliştiğimi söylüyorsunuz, duyuyorum, haklısınız da...

Ama son zamanlarda kitap okuyor ve farklı faaliyetlere de katılıyorum, heykel kursuna başladım mesela, bu çabalarımı da görmezlikten gelmeyin arkadaşlar...

Sonuçta önemli olan sahip olduklarımızın değerini bilmek ve mutlu olmak, eh bizim aileyle başka türlüsü de mümkün değil zaten, mutlu ve neşeli yaşamaya tüm gücümüzle devam ediyoruz.

Okulun açık olduğu dönemde dersler, ödevler, sınavlar derken eğlenceye daha az zaman kalıyor. Biz de teneffüsleri olabildiğince keyifli geçirmeye çalışıyoruz.

Bugün de yine teneffüste kovalamaca oynuyorduk, sizler de bilirsiniz on dakikada en çabuk bu oynanır. Canan hızlı koşamadığı için hep yakalanır, ben daha iyi koştuğum için genellikle kazanırım.

Neyse biz konumuza dönelim, bu sefer de oyunda biz öndeydik, ebe Kurt levent olmuştu, Canan artık oyundan sıkıldığı için onu üzerine çekmeye çalıştı ama o, hava yapmak için beni kovalamayı tercih etti, ben önde o arkada koşarken birden ders zili çaldı, ben de durdum.

Kurt Levent benim kadar hızlı duramadı ve gelip üzerime düştü, o arada ağzı da açıktı herhalde, dişleri koluma geçiverdi.

Kurt Levent istemedi, ben istemedim, ama nasıl olduysa ısırıldım sonuçta…

Bütün çocuklar teneffüs zili çalınca "Oleeyy…" diye sevinir, bizim Canan ders zili çalınca seviniyor, gerçekten ilginç bir kız.

O önde biz arkada derse girdik, kolum biraz acımaya başlamıştı, Kurt Levent benden özür dilediği için çok da üzerine gidemedim çocuğun, üzülmesin diye acımı içime pardon koluma gömdüm.

Gece herhalde üstüm açık kaldı, sanki bir ormandaydım, soğuktan bütün tüylerim dimdik olmuştu, ama duruşlarını hiç beğenmedim.

Rüyamın ortasında anneme çocuk jölesi aldırıp bütün tüylerime sürmeyi planladım. Hafif dalgalı olsalar bence daha yakışıklı görünürdüm.

Ben tipimle uğraşırken bütün orman kurt ulumalarıyla inliyordu, neyse ki sabah oldu da korkunç rüyadan kurtuldum, ama sadece bir kısmından kurtulabilmiştim.

Aynaya baktığımda dişlerimin sivrileştiğini gördüm.

Kapüşonumun altından yanağımda favorilerim görünüyordu.

Evden çıktık, okula gidiyoruz.

Dükkânlara yaklaşırken toplanmış bir kalabalık gördük, herkes bir ağızdan konuşuyordu.

Necati Ağabey'in de dikkati dağılmıştı. Hazır midesinin, aklı üzerindeki etkisi devre dışı kalmışken fırsatı kaçırmadık ve ne olup bittiğini anlamak için kalabalığa yaklaştık.

Kasabın ve manavın dükkânları tamamen dağıtılmıştı, tezgâhlar ve yiyecekler yerlerdeydi, bir kısmı yenmiş, bir kısmı ısırılıp bırakılmıştı, yaratılan hasarın büyüklüğü birden fazla kişinin olaya karıştığına işaret ediyordu.

Yorumuma dikkatinizi çekerim, olaya sıradan bir mahalleli gibi değil, çok deneyimli bir dedektif gibi yaklaşıyorum, bu aileden gelen genetik bir özellik sanırım...

Peşinden çok değerli ikinci yorumumu patlattım; "Kamera kayıtlarına bakmamız lazım..." dedim.

Bu yorumum büyük takdir topladı. Büyüklerin övgü dolu sözlerini bir elim göğsümde yürürken, başımı eğip selam vererek kabul ettim. Çok olgun bir çocuk olduğum o kadar net ki kimse tersini iddia edemez

diyordum, Necati Ağabey yine keyfimi kaçırdı; kameralara oynuyormuşum, çok kötü bir espri.

Ben Necati Ağabey'e kırılmakla oyalanırken esas büyük darbe babamdan geldi, iki kafadar yıllardır muhtişim dedektifler olduklarını iddia ederler, zaten bu özellik ailemizde genetik diyerek onların hakkını teslim etmiştim, ama artık yaşları ilerledi, daha sakin işlerle oyalanıp gençlere yer açmaları gerekir.

Öyle olmadı tabii, babam; "Göreve hazırız, muhtişim dedektifler iş başındaaa..." dedi ve üzerlerine yıllardır sakladıkları eski püskü pardösüleri giyip, dedektifliğe başladılar.

Ee ben ne olacağım? Bu kesinlikle haksızlık, tesis yok, alt yapı yok, bu ülkede genç yeteneklerin yolu nasıl açılacak?

İç sesimle konuşmaya devam ederken bizimkiler çoktan kameralara doğru gitmeye başladılar, bari fikrimi yalnız bırakmayayım diyerek ben de peşlerine takıldım.

Kamera kayıtlarında ortalığı dağıtan tek bir kişi vardı, ilk teorimden vazgeçmem gerekiyordu, bütün hasarı oluşturmayı tek başına başarmıştı bu arkadaş ama normal biri değildi, bu bir kurt adamdı.

Kalabalıktan kurt adam nidaları yankılandı ve kurt tatatataamm gibi garip bir sese dönüştü. Babamla Necati Ağabey hemen bu şarkıya tutulup ateş dansına benzeyen hareketlerle dans etmeye başladılar.

Kasap babamlardan dükkânını bu hale getiren o kurt adamı bulmalarını istedi, karşılığında çok güzel bir biftek pişirecekmiş, ücret konusunda anlaşmaları çok kolay oldu tabii, Necati Ağabey "bif..." lafını duyduğu anda işi kabul edip çalışmaya başlamıştı bile...

Bizim emektar köpek balığı arabamızı garajdan çıkarıp orayı dedektiflik ofisi haline getirdiler.

Ofis yaptılar dediysem bir düzen kurduklarını sanmayın sakın, her yerde iplere asılmış evraklar, yerlere saçılmış kitaplar. Eski gazeteler, tabii ki yemek artıkları, dedektiflik filmlerinin afişleri, boy boy büyüteçler, aklınıza ne gelirse hepsi etrafa saçılmıştı.

Babam ve Necati Ağabey ise üstlerinde bol pardösüleri ve ellerindeki büyüteçlerle eski kitapları inceliyorlardı.

Bu saçma düzen içinde bulabildikleri tek şey, eski kitap sayfalarındaki yemek lekeleriydi doğal olarak...

Bu buluşun konuyu aydınlatmalarına yardımı olmazdı, ama zararı olabilirdi, yemek lekesi Necati Ağabey'in aklına yeme eylemini getirdiği için anında karnı acıktı.

Babam işin daha önemli olduğunu, önce onu halletmeleri gerektiğini söylese de bu Necati Ağabey'i durduramadı.

Necati Ağabey midesini de eğitmiş, midesi resmen ayrı bir birey gibi konuşabiliyor.

Karnına doğru bakıp; "Midem, canım, acıktık değil mi? Biraz bekleyebilir miyiz ne dersin?" diye sordu, yakınımızda şimşek çakmış gibi bir patırtı koptu, resmen mide "Bekleyemem ben..." diye bize fırça attı.

Canan bizimkilerin tek başlarına bu işi halledemeyeceklerini tahmin ettiğinden faydalı olabilecek kitaplar getirip bırakmıştı. Babam can havliyle onlardan birini alıp acele acele karıştırdı,

ilk bulduğu çözümü de hemen uygulamaya koydu. Dükkânları dağıtan kurt adamı tuzak kurarak yakalayacaktı.

Necati Ağabey ise tamamen midesinin etki alanına girmişti, döner dürüm diye sayıklıyor,

sanki elindeymiş gibi hayali bir dürümü dişleyip boş ağzını oynatarak sürekli yutkunuyordu. Yani dedektiflerden biri tamamen iptal olmuştu, en azından olayı çözmek için hala yarı yarıya bir şansımız vardı.

Bizim mahallede her şey satılır, hiçbir şeyin eksikliğini hissetmezsiniz, adeta büyük bir alışveriş merkezi gibidir, dönercileri es geçip av malzemeleri satan dükkâna gitmemiz biraz zor oldu.

Necati Ağabey'i bir süre kaldırımda sürükledik ama hedefimize varmayı başardık. Kaç çeşit kapan varsa hepsinden aldık, işi şansa bırakmak istemiyoruz.

Biz babama yardım edip kapanları gizli köşelere yerleştirirken

Necati Ağabey nasıl becerdiyse koyduklarımızın hepsine yakalanmayı başardı.

Bu bizim çok iyi kapan kurduğumuz anlamına mı geliyordu? Yoksa Necati Ağabey açlığın etkisiyle zekâsını mı kaybetmişti? Emin değilim.

İşimiz bitince eve döndük, annem de olayları öğrenmişti, merak içinde bizi bekliyordu.

Hem gururlu hem meraklı olduğu her halinden belliydi, çünkü bütün gün mahalledeki arkadaşlarına kocasının üstlendiği dedektiflik işi sayesinde hava atmıştı, bir de kurt adam yakalanırsa annemin keyfine diyecek olmazdı.

Canan ise her zamanki gibi çok gerçekçi sorularını peş peşe sıralamaya başladı; "Kurt adamı yakalayamadınız tabii, nasıl olacak o baba? Burada hiçbir şey yapmadan oturuyorsunuz!"

Babam her yere nasıl tuzak kurduğumuzu anlattı.

Necati Ağabey de bizim haberimiz olmadan dedemin odasına bile bir tane yerleştirdiğini söyledi. Bunun hiç iyi bir fikir olmadığını tahmin edersiniz sanırım...

Kısa sürede dedemin üst kattan çığlığı geldi,

zavallı adamcağız yatağına yatmış tam uykuya dalacakken üzerine Necati Ağabey'in yerleştirdiği ağ tuzağı inivermiş.

Dedem bir yandan "İmdat..." diye var gücüyle bağırırken bir yandan da bütün parmaklarını ağın gözeneklerinden çıkarmış bize doğru sallıyordu.

Böyle sahneleri trajikomik diye adlandırıyorlar bildiğim kadarıyla, oyuncu dedeniz olursa trajik kısmı daha ağır basıyor emin olabilirsiniz.

Hepimiz elimize birer makas alıp ağı çeşitli yerlerinden keserek dedemi çıkarmaya çalıştık.

İşlem tamamlandığında ağ ile saçlarının da bir kısmı kesilmiş durumdaydı. Bu görüntü daha da feciydi, yüzünün sağ tarafı Peyami Dede olmaya devam ediyordu, ama sol taraf rockçı gençlere heves edip beceriksizce tıraş olmuş yaşlı bir kaplumbağa gibiydi.

Dedemi kurtarıp yeniden yatağına yatırdık, annem babasına yapılan bu haksızlığa içerledi sanırım, Necati Ağabey'i evine göndermeyi denedi.

Bu boşuna bir çabaydı tabii ki, Necati Ağabey annemin yemeklerinden bir an bile ayrı kalmak istemediği için evinde boya olduğunu söyledi.

Annem; "Camları açarsın, ferah ferah yatarsın, bir şey olmaz." diyerek şansını denemeye devam etti.

Ama durum başkaymış, evde sadece bir boya kutusu varmış ve Necati Ağabey ile anlaşamıyorlarmış, boya kutusu arabalardan ve futboldan konuşmayı seviyormuş, yemeklerle hiç ilgilenmiyormuş.

Uydurduğu bahaneye bakar mısınız?

Bunu söyledi ve kendini salondaki koltuğa atıp;

"Ohh, uyudum bile hem de çok derin gittim, kalkamam artık, bak nasıl horlayacağım şimdi, iyi geceler..." deyip anında gök gürültüsü gibi homurtular çıkarmaya başladı.

Sabah kalkar kalkmaz tuzakları kontrol etmek için hep birlikte sokağa çıktık.

Ama durum hiç de iç açıcı değildi. Bizim kurt adamı yakalamak için yerleştirdiğimiz tuzakların hepsine mahalledeki komşularımız yakalanmıştı, sokağın her yerinde sağına soluna takılı kapanlarla dolaşıyorlardı.

Doğal olarak hepsi öfkeliydi, bize yönelttikleri kızgın bakışlarından kurtulmak için kendimize de kapan takmayı bile düşündük. Necati Ağabey bu durumu her zamanki gibi anlamadı, tuzak kurmuştuk ve herkes yakalanmıştı, demek ki çok başarılıydık.

Yakalayacağımız kişinin kurt adam olması gerektiğini anlatmayı denedik ama en az anneminki kadar boş bir çabaydı, kısa kestik.

Babam herkese olabildiğince şirinlik yapıp gülümsüyordu, umursamazlıkta çığır açan Necati Ağabey ise komşularımıza bakıp kahkahalarla gülüyor ve dalga geçiyordu.

Bu zor durumdan kurtulmak için acilen garaja dönüp saklandık, yeni bir plan üretmemiz gerekiyordu.

Bu kez daha yumuşak bir yöntem seçtik, kadim bilgilere dönüp atalarımız gibi bitkilerden faydalanacaktık. Sarımsak dayanılmaz kokusuyla aradığımız kurt adamı yakalamak için çok iyi bir seçenek gibi görünüyordu.

Ama mahallenin her yerine demet demet sarımsakları asmaya başlayınca seçtiğimiz yolun sakıncaları da ortaya çıktı.

Tek başına yenmesi pek keyif vermese de sonuçta yiyecekti ve Necati Ağabey her demetten bir tane koparıp kabuklarıyla ağzına atarak ilerliyordu.

Onun ağzından ve astıklarımızdan çıkan sarımsak kokusu öyle kuvvetliydi ki birkaç saat sonra mahalleye sülfür bombası atılmış gibi her yer iğrenç şekilde kokmuştu.

Canan bizim evden bile duyulan kokuyu almış yanımıza gelmişti, her zamanki bilgiçliğiyle sarımsağın vampirler üzerinde etkili olduğunu, kurt adamlarla bağlantısını ispatlayan bir çalışma yapılmadığını anlattı.

Bu arada mahalledeki herkesin canı mantı istemeye başlamıştı. Necati Ağabey çevresinden sayıklayarak geçenleri görünce "Yoğurtlu mantı Remzi, yaa istiyorum, bulalım hadi ne olur..." diye tutturdu.

Necati Ağabey'de kesin odaklanma problemi var, aklı midesine gittikten sonra ona ulaşabilmeniz için kesinlikle canının çektiği yiyeceğe benzemek zorundasınız, ama bu koşulda da ciddi bir yenme riski taşıdığınızı unutmayıp kendinizi korumanız gerekiyor.

Akşam küçük bir nöbet kulübesinin içine doluşmuş, kurt adamın ortaya çıkmasını bekliyorduk.

Beklemek zaten yeterince zor bir işti, biz üstelik hep birlikteydik ve Necati Ağabey daha ikinci dakikada acıktığını söyleyip midesiyle konuşmaya başlamıştı.

O sırada yakınımızdaki çöp kutusunda bir şeyin kımıldadığını ve garip sesler çıkardığını fark ettik.

Ben kulübede nöbette kaldım, diğerleri kurt adam olabileceğini düşünerek hissettirmeden konteynere yaklaştılar.

Babam Necati Ağabey'in aceleyle saçma bir hareket yapmasını engellemek için onun en sevdiği şekilde saymaya başladı; "Domates, soğan, patates..." diyerek aniden kutunun içine atladılar, onların bir-iki-üçü böyleydi.

Biraz debelendikten sonra ortaya çıkan kurt adam değil bizim Tanju Ağabey'di.

Necati Ağabey onun kurt köpek adam olduğunu söyleyerek ısrar etti ama yapılacak bir şey yoktu, yakaladığımız zararsız arkadaşı da yanımıza aldık.

Bizimkiler çöpleri karıştırırken kurt adam yine yapacağını yapmış, bir üst sokaktaki bütün dükkânları talan etmişti. Mahallelinin öfkesi giderek büyüyordu, artık sadece kurt adama değil, onu yakalayamadığımız için bizim ekibe de çok kızıyorlardı.

Kendilerince bir mantık kurup bu zararlı yaratığın sonuçta kurt olduğunu, kurt ailesinin evinde onu yakalayabileceklerini düşündüler. Ve bütün mahalle kurt ailesinin evine doğru yola koyuldu. İşler çığırından çıkıyordu, çok tatsız şeyler yaşanabilirdi.

Profesör Mirket de olanları duymuş bize yardıma gelmişti.

Babam kalabalığı sakinleştirmek için önlerine geçip durmalarını istedi, ama babamı görmediler bile öfke gözlerini kör etmişti, gerçekten etmişti eminim çünkü babamın üstünden geçip gittiler resmen...

Kurt ailesinin evine vardıklarında hiç durmadan bağırmaya başladılar; "Bize verin! Kurt adamı istiyoruz! Onu bize verin! Saklamayın onu!" diye kızgınlıkla bağırıyorlardı.

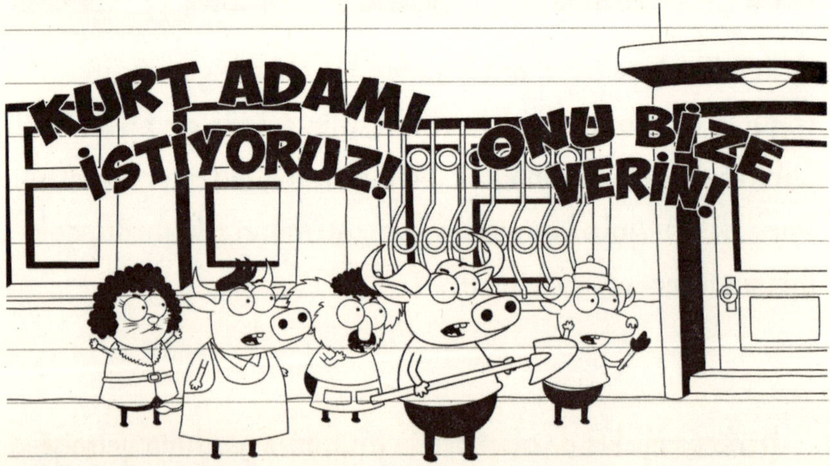

Babam yine sakinleşmelerini istedi, Necati Ağabey henüz yemeyi başaramadığı mantı yüzünden dengesizdi, "Sakinleşmeyin, hatta daha çok bağırın, bütün dünya ne kadar kenetlenmiş ve güçlü bir mahalle olduğumuzu görsün." diye bağırıyordu.

Kızgın mahalle halkı ne yazık ki Necati Ağabey'i daha çok beğenip desteklediler.

Bu arada Kurt ailesi gürültülerden dolayı dışarı çıktı. Baba, anne ve çocuklardan oluşan küçük bir aileydiler. Anne kurt çocuklarına sarılmıştı, kalabalığa neden bağırdıklarını sordu.

Herkes hep bir ağızdan; "Kurt adamı istiyoruz! Onu bize

verin! Kurt adamı isteriz!" dedi. Baba kurt, normal bir aile olduklarını içlerinde kurt adam bulunmadığını söyledi ama kalabalık ikna olmadı.

Canan, "Bakın arkadaşlar! Kurt ailesi doğru söylüyor! Kameradaki kurt adam daha sivri dişli, daha büyüktü! Kurt adam eğer kurt ailesinden olsaydı gece olduğu için dönüşmüş olurdu! Gördüğünüz gibi hepsi normal birer kurt! Lütfen sakinleşin!" dedi.

Neyse ki Canan'ı dinlediler, bu kalabalık bir tek babamı dinlemiyordu galiba...

Profesör Mirket bir fikir geliştirdi, kurt adamın ısırdığı

bir şey istiyordu, dükkânı dağılan kasap yarısı ısırılmış bir parça pastırma getirdi. Mirket pastırmanın üzerinden salya örneği alıp DNA testi yapacağını söyledi.

Mirket elindeki alete pastırma parçasını soktu, alet bir iki ses ve ışık çıkardıktan sonra sonucu hazırladı, ekranında bizim Fil Necati Ağabey'in fotoğrafı vardı. İnanılır gibi değil, bütün mahalle karışmış, dükkânlar talan edilmiş, herkes huzursuz, kurt adamı yakalamak için ipucu ararken, Necati Ağabey kasabın kalan pastırmalarını götürüyormuş.

Tabii bunları söylerken birkaç dakika sonra başıma geleceklerden habersizdim. Küçük bir çocuk kurt adamın kemirdiği bir boya kalemi getirdi, Mirket o kalemi de alete soktu, bu sefer de ekranda benim fotoğrafım vardı.

Canım babam, onun oğlu olduğumu asla kurt adam olamayacağımı söyledi ama benim bilgiç ve aynı zamanda hain kız kardeşim Canan, aslında kurt adam olabileceğimi, okulda beni Kurt Levent'in yanlışlıkla ısırdığını söyledi.

Hepsi aynı anda bana bakınca korkuya kapıldım ve kaçmaya başladım, ailem ve mahalleli sonunda bir konuda anlaşmışlardı, hepsi beni yakalamaya çalışıyordu. En önde koşan Necati Ağabey kasaptan bir kemik kapmış, "geh Şakir geh oğlum..." diye beni kandırmaya çalışıyordu.

Tanju Ağabey için kemik daha cazip bir şeydi tabii, o da Necati Ağabey'i kovalamaya başladı, ben o kadarını yiyemezmişim, yarısını bari ona verseymiş.

Koşmaya devam ederken son duyduklarım bunlardı, saklanmak için ilk karşıma çıkan dükkâna daldım ama talihsizliğim peşimi bırakmadı, ne satıldığına hiç dikkat etmemiştim, çünkü bir şey satın alacak durumda değildim.

Meğerse yüncü dükkânına girmişim, hem de öyle telaşlı girmişim ki bütün çileleri, makaraları devirip iplerine dolandım.

Profesör benim için bir panzehir hazırlamış, onu içirmek istiyormuş. Kurt adam olabilirim ama aynı zamanda Şakir'im, peşime düşüp beni kovalamak yerine "Oğlum içiver şunu..." dese içerdim zaten...

Mirket bana doğru hamle yaptığında elinde kemikle koşup duran Necati Ağabey'e takıldı, elindeki şişe yere döküldü. Herkes bir anda büyük üzüntüye kapıldı, hepsi bir ağızdan "Panzehir gitti, bittik biz..." diye bağırıyordu.

Kurtuluşum bu sıvıda saklıydı, onların dalgınlığından faydalanıp iplerden kurtuldum ve yeri yalamaya başladım. Çirkin göründüğümü biliyordum ama başka çare yoktu, kurt adam olarak yaşamaktansa yerlerde sürünen bir yavru aslan olmayı her zaman tercih ederdim.

Sıvıyı tamamen yalayıp yuttuktan sonra birden bire başım dönmeye başladı. Son birkaç gündür farkında olmadan yaşadığım her şey bir film şeridi gibi gözlerimin önünden geçti.

Kendimi hırlayarak gölgelerde dolaşırken, dükkânları dağıtırken gördüm. Boşuna utanç abidesi olmamıştım yani, yaptıklarım yüzünden utanmayı hak ediyordum. Sonra yavaş yavaş kendime gelmeye başladım, herkesten özür diledim.

Benim normalleşmeme en çok sevinen de Kurt Levent oldu, benim gereksiz bir şeye dönüşmeme sebep olduğu için çok üzgündü. Bana sarılmak için koşarak yanıma gelirken yerdeki sıvıda ayağı kaydı ve tam önünde duran Necati

Ağabey'e çarptı, bu çocuk da dişlerine bir türlü hâkim olamıyor, bu sefer de istemeden onun kolunu ısırdı.

Necati Ağabey'in tüm bedeninde siyah kıllar çıkmaya başlayınca durum netleşti, kurt adam ve utanç abidesi olma sırası ondaydı, önce hırladı, sonra beni yakalamak için kullandığı kemiği Tanju Ağabey'in elinde görünce kendini kaybetti, kemiği kapıp kaçmaya başladı.

Eyvah her şey yeniden başlıyor...

KİRALIK OYUN!

Bizim evde aradığın şeyi asla hemen bulamazsın. Ev çok mu dağınık peki? Hayır. Hatta annem oldukça titiz bir kadındır.

Klasik tertipli annelerden bahsetmiyorum.

Bizimkisi ev düzeni konusunda Nobel Ödülü alacak derece takıntılıdır.

Problem ne peki? Problem tabii ki babamla ikimiz. Öyle dağınık yaşıyoruz ki, bir keresinde çorabımın teki arka bahçedeki havuzdan çıkmıştı.

Oraya kadar gitmeyi nasıl başardı hiç bilmiyorum. Herhalde temizlenmek adına bir suya girip çıkayım dedi. Düşünsenize kendi kendine koşan tek bir çorap. Çok komik bir görüntü olduğuna eminim.

Neyse... Asıl soruna gelelim. Çünkü bu sorun benim için

çok önemli. Bugün "Uzaylı Avcısı Profesör 3" adlı video oyununu kiraladığım dükkâna geri götürmem gerekiyor.

Tam bir hafta gibi kısa bir sürede keyifle oynayıp bitirdim. Hem de internetten hiçbir çözüm videosu izlemeden. Bütün bulmacaları tek başıma çözdüm. Şimdi diyeceksiniz ki sorun nerede?

Evet! Sorun nerede? Nerede bu oyun!? Nerede bu DVD kutusu?! Bu oyunu akşam 8'e kadar oyun dükkânına götüremezsem, bir daha asla oradan oyun alamayacağım, ayrıca ceza parası ödeyeceğim. İşte size büyük bir sorun. Nerede bu şapşal oyun!

Kendi kendime konuştuğumu fark eden Canan, daha fazla dayanamadı ve bana yardım etmeye karar verdi.

Tabii yardım etmesinin tek sebebi, benim çaresiz olmam, onun da üstün zekâsını kanıtlaması için ayağına gelen bu fırsattı. Oyunu zamanında teslim ettiğim sürece, bu güç gösterisinin bana pek bir zararı yoktu.

Bütün evi baştan sona aradık fakat çorabımın tekinden başka hiçbir şey bulamadık. O da yine benden kaçıp saklanmıştı, yazık.

Evdeki arama kurtarma çalışması işe yaramayınca bu sefer de el ilanları hazırladık

ve sokağa çıkıp her yere astık. "Kayıp Video Oyunu – Bulana Büyük Ödül".

Gördüğümüz her yere ilanı yapıştırıyorduk. Kendimizi o kadar kaptırmışız ki, ben bir ara yanlışlıkla Bakkal Amca'nın alnına da el ilanını yapıştırmış bulundum.

Adamcağız da bir an önünü göremeyip dükkândaki raflara doğru yığıldı.

Özür dilemeye fırsat kalmadan yolumuza devam etmiştik. Kusura bakma Bakkal Amca!

Bütün sokak bizim ilanlarımızla dolmuştu. Canan ise bu kadar kâğıt israfını hiç hoş karşılamamıştı

dolayısıyla oyunu bulur bulmaz, bu ilanları toplayıp geri dönüşüm kutularına atacaktık. Sonuçta doğayı biz korumazsak kim koruyacak?

Sokakta yürürken birden bir ses duydum. Bu ses oldukça

tanıdıktı. Durdum ve kulaklarımı dikleştirip bir radar gibi etrafı taradım.

Bu boş bakışlarımdan şüphelenen Canan, herhalde bir an olsun delirdiğimi düşünmüş olabilir. Çünkü hiçbir şey yapmadan sadece gökyüzüne bakıyordum.

Bu sesin neye ait olduğunu anlamıştım: "Uzaylı Avcısı Profesör 3" oyunundaki yengeç tipli uzaylıların sesiydi bu. Karın gurultusuna benzeyen bu korkutucu sesi nerede olsa tanırım.

Bu sesin hemen ardından kocaman bir çığlık geldi. Necati Ağabey'in çığlığıydı bu, "Anacıııım!".

Bütün mahalleli bu çığlığı duyunca irkildi ve yukarı baktı. Bütün bu kaotik seslerin kaynağı Necati Ağabey'in evinin açık penceresiydi. Canan'la birbirimize baktıktan sonra apartmana doğru koşmaya başladık.

"Sona kalan çürük yumurta!"

Necati Ağabey'in kapısına geldiğimizde bir şeyi unutmuştuk. Hızımızı! O kadar hızlıydık ki, kapıyı son anda fark etmiştik. Canan tüm yol, hız ve zaman hesaplamalarını yapmıştı ancak çok geçti. İkimiz birden kapıya çarptığımız gibi kapı yere yığıldı.

Biz de yığılan kapının üzerinde evin içinde kaymaya başladık.

Yalan söyleyemeyeceğim bu epey eğlenceliydi. Yerde kayan kapının üzerinde salona kadar geldik. Koltukta oturmuş oyun oynayan Necati Ağabey'in ayak ucunda durduk. Necati Ağabey kafasını oyundan kaldırmadan bize, "Hoş geldiniz çocuklar" dedi. İşte beklediğim tepkisizlik.

Kapısını kırdık, üzerinde kayarak ayağına geldik, verdiği tepkiye bakar mısınız?

Necati Ağabey'in tepkisizliği meşhurdur. Bir keresinde de apartmanın giriş katında yangın çıkmıştı, Necati Ağabey ise video oyununu bırakmıyordu.

Neymiş efendim, yangın üçüncü kattaki evine gelene kadar itfaiye çoktan söndürürmüş yangını. Bu rahatlık kimsede yok vallahi.

Canan ile kalktık ve ayıp olmasın diye kapıyı yerine takmak için koridora döndük. Fakat kapıyı taktıktan sonra evin içinde değil de dışında olduğumuzu fark ettik.

Keşke içeriden takıp evin içinde kalsaydık. Çünkü bu bir anlık yaptığımız hata, bizi büyük bir sorun yumağına hazırlayacaktı. Kapının zilini çaldık.

Fakat açan yok. İçeriden oyun sesleri geliyor sadece. Bu sefer Canan'la ikimiz kapıyı yumruklamaya başladık.

Bu sefer oyunun sesi kesildi, Necati Ağabey kapının arkasına geldi. Bize seslendi, "Kim o?"

Bu soruyu nasıl sorabiliyor anlamıyorum. Demin sanki kapının üzerinde evine giren biz değilmişiz gibi hala bir de "kim o" diye soruyor. İşte o an anladım ki, burada ters bir şeyler dönüyor. Necati Ağabey'e, "O oyunu nereden aldın?" diye sorunca, "Hangi oyun?" cevabını aldım. Belli ki Necati Ağabey beni oyalıyordu.

Biraz sıkıştırınca oynadığı oyunun bana ait olduğunu öğrenmem pek güç olmadı. Meğerse dün gece bizde takılırken, Peyami Dede'ye sorup oyunumu almış. Çünkü neden?! Peyami Dede'nin olan bitenden hiç haberi yok.

Necati Ağabey akıllılık yapıp izni Peyami Dede'den koparmış. Çünkü benden isteseydi oyunu alamayacağını biliyordu. Hadi hepsini boş verelim, olan oldu. Peki, oyunumu nasıl alacağım?

"Alamazsın! Çünkü daha bitirmedim oyunu!"

Eyvah eyvah... Necati Ağabey oyunu bitirmeden geri vermeyecekti. Ama benim bu oyunu akşam 8'de dükkâna geri götürmem gerekiyordu.

Canan bir şeyler düşündükten sonra dönüp bana baktı. Bu bakışta bir hinlik olduğunu anlamıştım.

Bu: "Hadi bitirelim şu işi" bakışıydı. Harika! Sanırım büyük bir macera bizi bekliyordu.

Yaklaşık bir saat sonra Canan'la yeniden Necati Ağabey'in apartmanının önünde buluştuk. Canan, Profesör Mirket'ten özel üretim bir Drone ödünç almıştı. Ben de mahalledeki kebapçıdan 7 adet lahmacun almıştım.

Drone ve lahmacun ikilisi sizlere de çok anlamsız gelmiş olmalı. Neden Türk kültürüne ait bir yemek olan lahmacun ile teknoloji harikası uçan bir aygıt aynı konuda birleşmişti?

Canan planlarını hemen anlatmaz. Böyle olunca daha çok gizem yarattığını düşünüyor olmalı. Haklı da. Bayağı bir merak etmiştim birazdan olacakları.

Canan, Profesör Mirket'ten aldığı motorcu kaskını kafama taktı. Elime de paket lahmacun kutusunu tutuşturdu. Kaskıma birkaç kez vurduktan sonra, "Paket servis hazır" diyerek güldü. Bu kızın zekâsına hayranım.

Nasıl da hemen iki dakikada lahmacun, Drone ve motorcu kaskını kafasında birleştirdi ve böyle bir plan yaptı anlayamıyorum.

Neyse ben de evin eğlenceli yaramaz çocuğuyum.

Herkes süper zekâ olmak zorunda değil.

Tekrar yukarı çıkıp Necati Ağabey'in kapısının ziline bastım. İçeriden oyun sesi gelmeye devam ediyordu. Sonra zile basmayı bıraktım ve "LAHMACUNCUUUU!" diye bağırdım. Lafımı bitirmeden kapı açılmıştı. Necati Ağabey fal taşı gibi açılmış gözleriyle bana bakıyordu.

"Tüm dikkatim sende!"

Necati Ağabey lahmacuna asla hayır demezdi. Bu sefer de diyememişti. Bu yüzden de şimdilik planımız iyi gidiyor diyebilirdim. İlk aşamayı geçtik. Necati Ağabey bize kapıyı açmıştı. Şimdi ise sıra ikinci aşamada.

Yeni açılan bir kebapçı salonunun tanıtımı olarak kendisine bir kutu lahmacun hediye ettiğimizi söyledim. Bunu duyar duymaz, bin beş yüz beygirlik bir Bugatti araba gibi elimdeki lahmacunlar ortadan yok oldu. Üstelik kapı da suratıma kapanmıştı.

Bahşiş bile alamamıştım!

Plan tam da istediğimiz gibi işliyordu. Canan'ın yanına gittim. Apartmanın hemen önündeki bankta oturmuş elindeki Drone'un kumandasına bakıyordu. Ben de olan biteni oradan izlemeye başladım.

Necati Ağabey lahmacun paketini masaya koydu ve süpersonik bir hızda hepsini tek tek ağzına atmaya başladı. İçine malzeme koymuyor, dürüm haline getirmiyor, limon bile sıkmıyordu. Tek parça halinde ağzına atıyordu. İştah dediğin böyle olur.

Necati Ağabey yemek yemeye âşık. 7 lahmacun yaklaşık 15 saniyede bitmişti. Lahmacun başına iki saniye. Dünya rekoru olabilir. Bu yemek şovundan sonra Necati Ağabey ellerini yıkamak için banyoya gitti. Biz de planımızın ikinci aşamasına geçmiş olduk böylece.

Canan Drone'u kumanda etti ve gizlenmiş olduğu lahmacun paketinin içinden çıkarmayı başardı.

Drone sessiz bir şekilde uçarak oyun konsolunun yanına gitti. Altından çıkardığı küçük bir kol ile konsolun DVD açma kapama tuşuna bastı. Oyun DVD'si makinenin içinden çıkınca, DVD kutusuna gitti.

Canan dişçininki gibi ince bir işçilikle Drone'u kontrol ediyordu. Hani ben meraklıydım teknolojik şeylere? Canan hangi ara bu kadar profesyonel oldu?

Ben bu soruların cevabını ararken Canan, "Operasyon başarılı" dedi. Drone, oyunu kutusuna bile koymuştu. Açık pencereye doğru yavaş ve sessizce ilerken hoparlörden bir ses geldi.

"O da ne! Uzaylı sinekler oyunumu çalıyor!"

Necati Ağabey, Drone'u uzaylı bir sineğe benzetmişti. Hadi onu geçtim, oyun benimdi, hakkım olanı geri alıyordum.

Drone tam pencereden çıkıyordu ki, Necati Ağabey 3 tonluk cüssesinden beklenmeyen bir performansla, birden Drone'un üzerine atladı.

Canan ise kaçmak için Drone'a aniden hız verdi. İşte o hızlanma harika bir aksiyon sahnesini başlatmış oldu. Drone'un metal koluna bağlı olan oyunuma tutunmuş Necati Ağabey, gökyüzünde süzülüyordu.

Bütün mahalleli şaşkınlıkla havadaki mor fili seyrediyordu. Uçan bir fil her gün görebilecekleri bir manzara değildi en nihayetinde. Necati Ağabey ise oyunumu bırakmamakta kararlıydı.

Canan'ın tepkisi planımızın hiç iyi gitmediğini haber verir gibiydi.

"Eyvah! Drone bu kadar ağırlığı kaldıramıyor. Düşecek!"

Drone siyah dumanlar çıkararak yere doğru inişe geçmeye başlamıştı. Mahallemize yeni açılan teknoloji mağazasının çatısından aşağıya düştüğünü Necati Ağabey'in "Oaah! Totocum!" diye haykırmasından anlamıştık.

Hemen koşa koşa mağazaya gittik. Fakat bir de ne görelim! Mağazanın önünde çılgın bir kalabalık var. Canan durumu anlayınca benim de kafamı çevirip afişe bakmamı sağladı. Bugün meğerse "Harika Cuma" imiş. Hani şu "lafta" büyük indirimlerin yapıldığı o efsane, çılgın, deli cuma günü...

Kalabalıktakilerin ayaklarının altından bir asker gibi sürünerek mağazanın kapısına ulaşmayı başardık. Ancak ilerleyiş burada sona erdi.

Çünkü bütün bahanelerimiz, kapıdaki mağaza görevlisinde etkisiz hale gelmişti.

"Necati Ağabey çatıya düştü!"

"Birine bakıp çıkacağız!"

"Oyunu zamanında teslim etmezsek dünyanın sonu gelecek."

Görevli hiçbir şekilde bizi içeri almıyordu. Fakat o da ne!?

Kulakları sağır eden bir alarm sesi ötmeye başlamıştı. Eyvahlar olsun! Çılgın cuma başlamıştı.

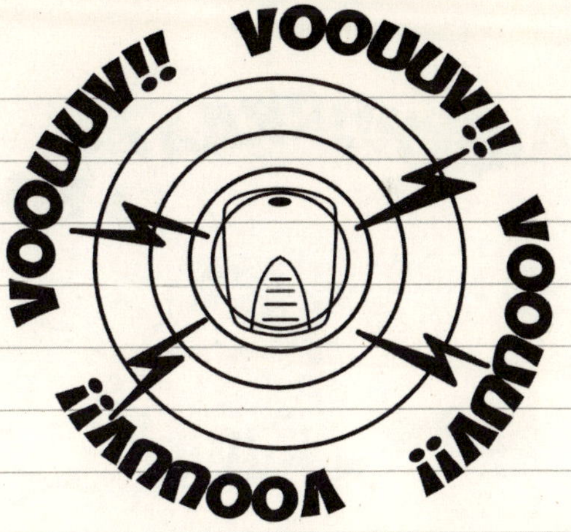

Aniden, mağazanın bütün kapıları aynı anda açıldı. Sanki dinozorlar göç ediyormuş gibi her yer sallanıyordu.

Saatlerdir kapıda bekleyen kalabalık "Hurra!" diye bağırarak mağazaya akın ediyordu.

Biz de Canan ile birlikte kalabalığın üzerinde, sörf yaparcasına mağazanın içine akıyorduk.

Müşterilerin yarattığı dalga bizi mağazada oradan oraya sürüklüyorken, radar kulaklarım yine o tanıdık sesi duymuştu.

Uzaylı canavar sesi!

Necati Ağabey buralarda bir yerde olmalıydı. Canan ile birlikte zıplayıp müşterilerin yarattığı dalgadan kurtulduk.

Canan ile iyi bir takım olmuş gibiydik.

Bir dahaki macerada babam yerine Canan'ı yanıma alacağım sanırım. Neyse, macera takımının seçmelerini sonraya bırakalım. Çünkü küçük filin saklandığı yeri bulduk sonunda. Küçük fil dediğime bakmayın, ben de biliyorum küçük olmadığını. Yaramazlık yaptığı için öyle dedim.

Ses sistemlerinin test edildiği siyah camlarla kapatılmış izole odanın kapısını araladık ve sesin kaynağına ulaştık. Necati Ağabey çatıdan düştüğü gibi bu odaya kendini kapamış ve oyunu bitirmek için elinden geleni yapmıştı.

“Çabuk o oyunu bana ver!”

Necati Ağabey sessizce televizyona bakıyordu. Gözbebekleri o kadar hızlı hareket ediyordu ki, benim orada olduğumun farkında bile değildi. Ben de dayanamadım ve televizyona baktım. Necati Ağabey oyunun son düşmanıyla savaşıyordu. Canan saatine baktı,

"Şakir! Dükkânın kapanmasına son on dakika!" dedi.

Ben Necati Ağabey'e, Necati Ağabey televizyona, Canan da saatine bakıyordu...

Birden oyunun jenerik müziği girdi.

Oyun bitmişti. Necati Ağabey başarmıştı.

Sevinç çığlığı ile birlikte elindeki oyun kumandasını da havaya attı.

Necati Ağabey'i hiç bu kadar mutlu görmemiştim.

Oyunu bitirdiği için mi, yoksa "bedava" oyunu bitirdiği için mi mutluydu, karar veremedim.

Aslında kendisine çok kızgındım, benden habersiz oyunumu aldığı için de öyle olmalıydım. Ancak o sevimli ve mahcup surat ifadesiyle yanıma geldi, kocaman gözlerini açtı, yavru bir köpek gibi bana baktı ve,

"Özür dilerim Şakir. Senden istemeliydim bu oyunu. Ama bir an dayanamadım ve Peyami Dede'yi işin içine kattım." dedi.

Böyle konuşan birine karşı nasıl kin tutabilirim ki? Arkadaşlar hata yapabilir, ancak hatalarını fark ettikleri ve özür diledikleri durumda biraz yumuşamanın hiçbir zararı olmaz diye düşünüyorum. Peki, hadi ben affettim Necati Ağabey'i, oyun dükkânı benim bu hatamı affeder mi? Hiç zannetmiyorum.

Geç kaldığımı fark eden Canan camın dışına baktı ve birden bağırdı,

"DALGA GELİYOOOR!"

Müşteri dalgası tekrar geri geliyordu.

Necati Ağabey bütün indirimleri takip ettiği için bir an durdu,

"Sanırım o oyunu zamanında yetiştirebiliriz Şakir! Herkes dalgayaaa!"

Necati Ağabey Canan'la ikimizi tuttu ve kalabalığın ortasına atladı. Müşterilerin tepesinde tekrar sörf yapmaya başlamıştık.

İndirim çılgınlığı bitmediği için şanslıydık. Çünkü Necati Ağabey'in söylediğine göre, birazdan iki sokak ötedeki başka bir mağazanın indirimi başlayacaktı. Buradaki kalabalık da yeterince para harcamadığı için diğer mağazaya gideceklerdi. Tüketim çılgınlığı nasıl bir hale gelmişti inanamıyordum.

Canan ise aldığımız eşyaların bizi mutlu edeceğini zannettiğimizi, hâlbuki bunun sadece bir yanılsama olduğundan bahsediyordu.

Biz bunları konuşurken kalabalığın üzerinde çoktan sokağa çıkmıştık bile.

Saatime baktım,

"Son bir dakika!"

İyi haber, dükkânı görüyordum. Kötü haber, bizi taşıyan kalabalık durmayacaktı. Üçe kadar saydık ve sörf keyfimize son verip, aşağıya atladık. Atlamanın etkisiyle duramadık ve oyun dükkânından içeri yuvarlandık.

Dükkân çalışanı Zürafa Arif'in ayaklarının ucuna kadar gelip durduk. Sanırım bugünkü adrenalin patlamasının sonuna gelmiştik. Oyun kutusunu Arif'e uzattım. Gururluydum, mutluydum... Çünkü oyunu zamanında geri getirmeyi başarmıştım.

"İşte! Oyunu getirdim."

"Neden getirdin ki?"

"Çünkü kiralamanın son günüydü."

"İyi de Şakir, bu oyun kiralık değil ki, baban satın almıştı bunu zaten."

Arif'in yüzüne şaşkın bir gülümseme yerleşti. Arif'in ağzından çıkan cümle bütün bir günü boşa geçirdiğimin özeti gibiydi.

Canan kahkahayı bastı. Necati Ağabey de göbeğini tutarak gülüyordu. Hepsi benden küçük çapta bir sinir krizi bekliyordu.

Fakat bütün gün yaşadığım macerayı ve eğlenceyi düşününce, böyle küçük şeyler için çok da takılmamak gerek diye düşünüyorum. Hayat bir macera. Tadını çıkarmam gerek. Hehehe...

İPEK BÖCEĞİ!

BİRAZ DAHA UĞRAŞIRSAM BENİM DE KANATLARIM ÇIKABİLİR! HINGHH!
ZEKİ NECAT

Soğuk bir kış günüydü,

ancak sıcacıktım. Çünkü annemin bana yeni örmüş olduğu kazağı giyiyordum. Üstünde Cesur Şakir yazıyordu.

Babam ise kendi kazağının üstünde Genco Remzo yazmasını istemişti. Kazağın etkisiyle bir genç gibi zıpladı ve masanın üstüne uçtu. "Genç Remzi!" diye bağırdı, ben de dayanamadım ve onun gibi zıplayıp masaya çıktım; "Cesur Şakir" diye bağırdım.

Bu sırada Necati Ağabey'in kazağını ören annem ise, "Temiz masa!" diye bağırdı ve Necati Ağabey'in tuttuğu iplik yumağını babama fırlattı.

Annem de fena basketçi değildir, tam on ikiden vurdu. Hemen mesajı aldık ve masadan indik. Kazağının bir an önce tamamlanmasını isteyen Necati Ağabey ise koşarak geldi ve yere düşen yumağı alıp annemin yanına döndü.

Yalnız Necati Ağabey'in özel bir isteği vardı. Kazağı bir boy büyük istiyordu. Seneye de giyecekti.

İyi de çocuk değildi ki... Çocuklar her sene büyüdükleri için bir boy büyük giyebilirdi. Galiba Necati Ağabey çok yediği için her sene enine büyüyordu. Hatta kendini tutamadı ve abartmaya başladı. Dediğine göre geçen seneden kalma kıyafetler o kadar küçüktü ki, onları parka oyun oynamaya götürüyor, millet de Necati Ağabey torununu getirdi sanıyordu.

Necati Ağabey bu kadar saçmalamaya başlayınca annem kabul etti; "Sıkı tutunun" dedi. Kalkışa mı geçiyorduk, niye sıkı tutunalım ki? Hemen sonrasında anladım. Annem daha önce hiç görmediğim bir teknikle örgü örmeye başladı. O kadar hızlıydı ki şişlerden duman çıkıyordu.

Biz de annemi görünce heyecanlandık ve tezahürata başladık.

Yumruklarımızı sallıyor, ortaya ne çıkacak merak ediyorduk. Annemin elindeki şişler, ipi çektikçe, Necati Ağabey'in tuttuğu yumak küçülüyordu. Necati Ağabey yumağı tutmakta zorlanmaya başlamıştı.

Düşmemek için gerildi. Annem ise geri dönülmesi imkânsız bir yola girmişti. Artık onu kimse durduramazdı. Kazak mı önce bitecekti, yoksa iplik yumağı mı?

Daha da önemlisi, ipliğe takılan Necati Ağabey annemin üzerine doğru uçarken kaç saniye sonra çarpacaktı?

Her şey bir anda oldu. Babam o sırada gözünü kırpıyordu ama ben her şeyi gördüm. Yumak bitti. Necati Ağabey annemle çarpıştı. Annem ise neyse ki kazağı bitirmişti. Yani, kısmen...

Necati Ağabey kazağı hemen üstüne geçirdi. Ancak bir sorun vardı. Kazakta "Zeki Necat" yazıyordu.

Necati Ağabey zekice bir laf ettiğini düşünerek; "Ama benim adım Necati, ben Necat değilim!" diye çıkıştı.

Babam; "Zeki de değilsin..." diye espri yapınca ortam gerildi.

Necati Ağabey altta kalmamak için laf attı; "Sen de genç değilsin ama kazağında Genco yazıyor!".

Ben de bir şeyler söylemem gerektiğini hissettim. Ama laf atılacak kimse kalmamıştı.

Heyecanla bir anda bağırdım: "Ben de sanki çok cesurum!".

Annem bizi o halde görünce acıdı ve kavgayı dindirdi. Necati'nin son harfi olan "İ" harfini de örecekti. Ancak yumak bittiği için gidip örgü ipi almamız gerekiyordu. Babam dükkânın kapanmasına az süre kaldığını hatırlattı ve yola koyulduk.

Necati Ağabey ise Fil Necat olarak uzun süre dayanamayacağını, hayranlarına karşı bir sorumluluğunun olduğunu endişeyle belirtti. Artık kimse şu hayranları...

Hızlıca tuhafiye dükkânına vardık.

Necati Ağabey tabelayı görünce şaşırdı ve buranın tuhaf şeylerin satıldığı dükkân olup olmadığını sordu. Babam ise tuhafiyenin çorap, eldiven gibi giyim ve düğme, kurdele gibi giysi süslerine dendiğini açıkladı.

Necati Ağabey kurdelenin zaten tuhaf bir şey olduğunu söyledi; "Sen hiç normal kurdele gördün mü?" diye sorarken kendisini bir anda tabelanın tepesinde bulduk. "Tuhafiye" yazısındaki "i" harfini sökmeye çalışıyordu; "Bir el atın fena yapıştırmışlar!".

Ben "i" harfi değil, örgü ipi almaya geldiğimizi hızlıca açıkladım çünkü dükkân sahibi Aylin Abla buraya doğru geliyordu.

Neyse ki Necati Ağabey bizi dinleyip aşağı indi ancak yine de sitem etti; "Aman 29 tane harf var alfabede birini alsam ne olur?".

Babam ve ben şaşırmıştık, çünkü Necati Ağabey'in alfabeyi bilmesine imkân yoktu. Galiba üstünde "zeki" yazan bir kazak giymek onu gerçekten de zekileştirmişti.

Biz bunlarla uğraşırken, Aylin Abla dükkân kapısını dışarıdan kilitlemeye başladı. "Kusura bakmayın, kapatıyoruz..." deyince Necati Ağabey atladı.

Neymiş, Aylin Abla kapatıyoruz demiş ama sadece bir kişiymiş, kapatıyorum demesi lazımmış... Ben tam onun lafın gelişi söylendiğini anlatacakken Aylin Abla'nın cebinden bir hamster fırladı; "Ne lafın gelişi, buradayım işte!". Necati Ağabey babamın kulağına; "Tuhaf olduklarını söylemiştim." diye fısıldadı. Galiba bu sefer haklıydı.

Babam hemen dükkân sahibiyle pazarlığa oturdu. "İki dakika bakıp çıkacağız, en son kaça olur, bakıcı değil alıcıyız, bize de mi olmaz...", bildiği tüm klişeleri sıraladı. Ama Aylin Abla kararlıydı.

En son kapanıştan önce birine iki dakikalığına bakması için izin verdiğinde müşteri içeride üç saat harcamıştı. O da bir türlü o müşteriyi dışarı çıkaramamıştı. Bilin bakalım o müşterinin adı neydi: Kadriye...

Necati Ağabey bahsedilen Kadriye'nin annem olduğunu anlayana kadar Aylin Abla gitmişti. Tuhafiyeden örgü ipini alamadığımız için çaresiz kalmıştık. Necati Ağabey tabelaya tırmanmak için tam hazırlanıyordu ki babam onu durdurdu.

Galiba bir fikri vardı.

Umarım Necati Ağabey'in fikirlerine benzemiyordur diye geçirdim içimden. Babam önde biz arkada yürümeye başladık.

Bir ormana gelmiştik.

Ormanda tuhafiyeci ne gezer diye düşünüyordum ki bir ağacın önünde durduk. Bu bir dut ağacıydı.

Babamın söylediğine göre ipek böcekleri dut yapraklarıyla beslenirmiş. Necati Ağabey oraya niye geldiğimizi anladı;

"O zaman biz de dut yaprağı yiyerek ipekten iplik üretebiliriz... Bugün çok zekiyim!", en azından anladığını sandı.

Tabii ki dut yaprağı yemeyecektik. Ağaçta bir ipek böceği bulup ondan ipek isteyecektik.

Necati Ağabey kendi planının daha güzel olduğunu söylese de ipek böceğini aramaya koyulduk. Nasıl bulacağımız konusunda bir fikrimiz yoktu. Necati Ağabey zili çalacağını söyledi.

Ağacı apartman dairesi sanmıştı galiba. Ağaçta zil olmaz diye çıkıştık, ancak hazırlıklı gelmişti.

Cebinden bir zil çıkartıp hızlı hızlı basmaya başladı; "Pardon, buraya bakan kimse yok mu?" diye seslendi. İnanamadım ama işe yaramıştı...

Ağacın yaprakları arasından, bir ipek böceği kafasını çıkardı ve sinirle cevap verdi; "N'oluyor, bir uyutmadınız!".

Sesimizden rahatsız olmuştu galiba. Hemen kendimizi tanıttım. Ben Şakir, bu babam Remzi, bu da Fil Necati Ağabey. İpek böceği ise kazağının üstünde Necat yazdığını söyledi.

Öyle olunca gerçek adının Necati olduğuna bir türlü inandıramadık... İpek böceği ise adını söylediğinde kulaklarımıza inanamadık. Şaka şaka...

Adı İpek'ti. Necati Ağabey soyadının "Böceği" olup olmadığını sorunca konu iyice dağıldı ve lafa girip durumu anlattık. Yardım etmesini istedik. Verdiği cevap ise hepimizi heyecanlandırdı.

Kozasını çıkarıp gösterdi.

Söylediğine göre aynı zamanda yatağıymış. İçinde de bir sürü ipek varmış. Bu ipekleri örgü ipi olarak alıp kullanabileceğimizi söyledi. Ama İpek'in dediğine göre çok uykusu varmış. Önce uyuması gerekiyormuş. Uyandıktan sonra alabilirmişiz... Bunları duyduktan sonra Necati Ağabey sevinçten havalara uçtu ve bağırmaya başladı, "Yaşasın, Fil Necat işin bitiyor, Fil Necati geliyor!".

İpek kafasını yine çıkartıp uyumaya çalıştığını söyledi ve bağırmamamızı istedi. Biz de beklerken ne yapacağımızı düşündük ve sıkılmayalım diye kamp yapmaya karar verdik. Muhtişim kampçılar iş başında! Pardon pardon, bağırmıyorum... Babamla ben dal toplama görevini aldık.

Babam dalları topluyor, benim kucağıma atıyordu. Ama o kadar fazla toplamıştık ki, kucağımdaki dallar kule olmuştu. İhtiyacımızdan çok daha fazlasını toplamıştık; "Sence de yetmez mi baba?", diye sorunca babamın aslında kampı düşünmediğini anladım. Dalları upuzun bir kule yapmaya çalışıp kendince oyun oynuyordu, "Dur oğlum şu son dalı da fırlatayım kazanmak üzereyim." deyince olayı anladım.

Fakat o son dalı fırlatmayacaktı... Ağırlığa dayanamadım ve sağa sola sallanmaya başladım. Kule devrilmek üzereydi. Daha da kötüsü, kulenin yıkılmasından daha ciddi bir problemimiz vardı.

Biz dalları toplarken Necati Ağabey acıkmış, etrafta sucuk bulamayıp -ormanda nereden sucuk bulacaksa- dut yemeye karar vermişti. Bildiğiniz gibi ya da bilmediğiniz gibi, dut ağacını sallarsanız, dutlar yere dökülür.

Necati Ağabey de dut ağacını sallayıp düşen dutları ağzıyla havada yakalıyordu. Fakat "Zeki Necat", salladığı dut ağacında İpek'in içinde olduğu kozanın olduğunu düşünememişti. Koza ağaçtan düştü ve yuvarlanmaya başladı.

Benim ayaklarımın arasından geçince ben de düşmek üzere olan dal kulesini daha fazla tutamadım.

Üzerimize düşen dalların arasından babamla çıktık ve o anda kozanın peşinden koşan Necati Ağabey'i gördük, "Koşun, İpek uyurgezer çıktı!"

Kozayı kaybedemezdik. Yakalayamazsak hem İpek tehlikeye girecekti hem de iplik için ipekleri alamayacaktık. Kovalamaca başladı. Koş babam koş. Bu lafım boşuna değil...

Genç olduğunu iddia eden babam nefes nefese kalıp en arkada kalıyordu. Necati Ağabey'in bile arkasında... Koza ise sanki bizden kaçıyormuşçasına öyle hızlıydı ki anlatamam. Bir de sanki saklambaç oynuyorduk. Koza bir sağdaydı, bir solda. Bir ağacın tepesinde, bir taşın arkasında...

Hatta tam bir uzun atlamacı gibi, az önce devirdiğim dalların üstünden atlayarak uçtu. Biz de nefes nefese olduğumuz için bir an dalları aşamadık. Necati Ağabey kazağı için endişelenmeye başlayınca, şu an önemli olanın kazak değil İpek olduğunu hatırlattım.

Bizim yüzümüzden kaybolmuştu. Onu bulmalıydık. Necati Ağabey; "Doğru, o da var." diyerek desteklerini sundu. Aman ne destek... Biz tartışırken babamın gözüne bir şey çarptı. Bir ipucu bulmuştu. Hayır hayır, gerçek bir ip ucu. Yerdeki beyaz ipi eline aldı.

İp dalların üzerinden uzamaya devam ediyordu. Galiba kozanın ipeği çözülüyor, arkasında iz bırakıyordu. Plan basitti. İpi izleyip kozayı bulacaktık.

Necati Ağabey ip atlamayı da önerdi ama, önerisi oy birliğiyle reddedildi. Önerisi o kadar saçmaydı ki, kendisi bile reddetmişti. Hemen ipi izlemeye başladık. Ama başımıza neler geleceğinden henüz haberimiz yoktu.

Ormanın derinliklerine kadar ilerlemiştik.

Babam ve Necati Ağabey önden gidiyordu. Ben ise arkada kalmıştım. Babam seslendi; "Oğlum neden durdun, gelsene!". Size nasıl söylesem... Korkunç, çok korkunç! Önümdeki ağaçtan sekiz bacaklı -iki neyine yetmiyorsa- simsiyah bir örümcek sarkıyordu. Korkudan oradan geçemiyordum; "Ö... Ö... Örümcek!" diye bağırdım.

Lafıma alınmış olmalı ki, örümcek karşılık verdi; "A... A... Aslan! diyor muyum ben evladım, niye korkuyorsun?". Ama n'apabilirim? Herkes bir şeylerden korkar değil mi? Evet yani ben bir sürü şeyden korkuyorum ama...

Neyse neyse... Babam üstümdeki kazağı hatırlattı; "Sen çok cesursun oğlum, hadi gel, yapabilirsin!". Necati Ağabey ise tezahürata başladı; "Şakir! Şakir! Şakir!". Bunları gören örümcek ise katılmak istedi; "Hadi Şakir, yapabilirsin!". Ortam çok garipti.

Örümcek bile böyle düşünüyorsa, oradan geçebilirim diye düşündüm ve birkaç adım attım.

Tam örümceğin yanından geçiyordum ki bir anda korkudan gözlerimi kapatıp koşmaya başladım.

Bendeki de akıl ya, nereye koşuyorsam.

Son hız örümcek ağına yakalanmışım. Tabii hareket edemeyince daha da çok korkup çırpınmaya başladım. Çırpındıkça ağa daha çok gömülüyor ve ağdaki desenleri bozuyordum.

Örümcek ise çok sinirlenmişti, kıpırdamamamamı söylüyordu ve üstüme geliyordu. Ben son kalan enerjimle ağı yırtmayı başardım ve babama doğru koştum.

Bozulan ağın başına gelen örümcek ise bir anda ağlamaya başladı. Söylediğine göre bu ağı örebilmek için İtalya'da sanat eğitimi almış. "Sanata ve sanatçıya değer verilmiyor bu ormanda!" diye de çıkıştı.

Örümceklere hiç bu pencereden bakmamıştım. Dahası örümceklere hiç bu kadar yakından bakmamıştım. En azından artık güvendeydim. Yaşadıklarım pek cesaret örneği sayılamaz ama...

Cesur Şakir olarak yoluma devam ediyordum.

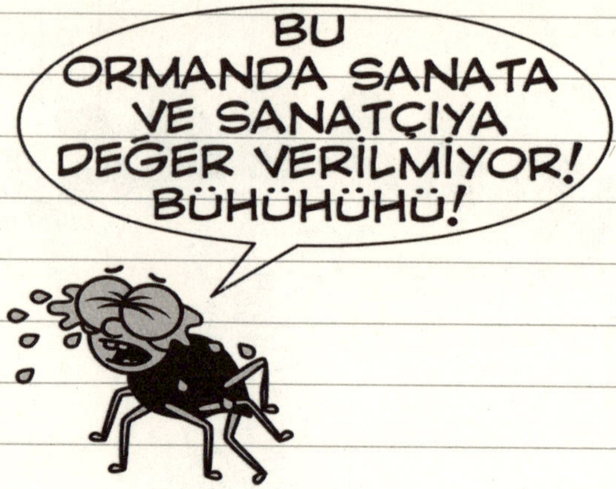

İpi takip etmeye devam ettik. Bir şeylerin farklı olduğunu hemen anlamıştım. Yere bastığımda toprak biraz yumuşaktı. Bir de tabela vardı: "Heyelan Bölgesi".

Necati Ağabey bizi şaşırtmadı ve tabelayı olabilecek en saçma şekilde okudu; "Oo, heyecan bölgesiymiş burası, hadi heyecanlı işler yapalım!".

Başta bu cümle zararsız gelmişti ancak Necati Ağabey her zıpladığında ne kadar yanıldığımı anladım.

Ağırlığının etkisiyle etraf sallanıyordu. Onu uyarmamıza fırsat vermeden toprak kayması başladı.

Altımızdaki toprak o kadar hızlı hareket ediyordu ki, hiçbir yere tutunamadık. Artık yapacak bir şey yoktu.

Gözlerimi açtığımda Necati Ağabey ters duruyordu, babam da...

Şu ağaç da... Hatta tüm dünya ters!

Tamam tamam, ters olan benmişim. Hemen düzeldim, neyse ki kimsenin bir şeyi yoktu. Yalnız toprak kayınca bir yükselti oluşmuştu. Necati Ağabey ve ben buranın üstündeydik.

Ama babam aşağıda kalmıştı. Yolumuza devam edebilmemiz için yanımıza gelmesi gerekiyordu. İpi hatırlattım, kendini iple yukarı çekerek gelebilirdi. Babam bir anda havalara girdi, "Şimdi Genco Remzo'yu izleyin, çok atletik hissediyorum" dedi.

Necati Ağabey de bazen kendisini bir atlet gibi hissettiğini söyledi, ama ev temizliğinde kullanılanlardanmış. Neyse, babamın bu dediklerinden de anlayacağınız üzere, ipi tutunca kendini bir santim bile yukarı çekemedi.

Denedi de denedi. Biz onu izlemekten yorulduk, o denemekten yorulmadı. En son olmayacağını anlayınca pes etti ve çaresizce yere oturup ağlamaya başladı; "Beni arkada bırakın, siz gidin! Hey, durun nereye gidiyorsunuz?".

Blöfü tutmayınca onu bırakacağımızdan korkmuştu. İşte o sırada Necati Ağabey babama bir merdiven uzattı, "Tamam tamam al bunu kullan.".

Babam şimdiye kadar merdiveni olduğunu söylememiş olmasına çok sinirlendi. Ama en önemlisi, Necati Ağabey'in o koca merdiveni nereye sakladığıydı. Galiba Necati Ağabey'le ilgili bilmediğimiz pek çok şey vardı.

Babam sinirden mi, yorgunluktan mı bilmiyorum, kıpkırmızı olmuştu. Onunla beraber ipi takip etmeye devam ettik. Necati Ağabey ise merdiveni toplarken yanlışlıkla kolunu ve kafasını araya sıkıştırdı. Sinirlenip bir dahaki sefere asansör getireceğini söyledi.

Necati Ağabey merdiveni kafasından çıkartmaya çalışırken arkada kalmıştı. Biz ise nasıl olsa ipi takip edip bize yetişir diye endişelenmedik. Yine de bir yol ayrımına geldiğinde kararsız kalmıştı.

İp sadece bir yoldan gidiyordu. Cevap aslında belliydi. Ancak şimdi size bir şey anlatmam gerekiyor.

Gördüğünüz gibi yetişkin bir Fil Necati'nin beyni dörde ayrılır (Her bir parçada sırasıyla şunlar yazıyor: "Lahmacun", "Deve kuşları uçabilir mi?", "Evrende yalnızsak arkadaş bulalım.", "Hangi yöne gitmeliyim?").

Yer yön duygusu aslında beyninde oldukça fazla yer kaplamasına rağmen şaşırmıştı; "İp bu yöne gidiyor. Ancak ben çok zekiyim o yüzden buna kanmayacağım, diğer yöne gideceğim!".

Böylece Necati Ağabey'le yollarımız ayrıldı. Biraz ilerledikten sonra o yolda bir deve kuşu ile karşılaştı ve bu yoldan geçen iki aslan görüp görmediğini sordu. Deve kuşu görmediğini söyledi. Bu cevaptan sonra Necati Ağabey o yoldan geçmediğimizi anlamalıydı, ancak yine kendince olayı yorumladı; "Demek ki Ninja kılığında geçmişler...". Önündeki köprüye tam adım atacaktı ki, deve kuşu onu uyardı. Söylediğine göre o köprüden geçmek çok tehlikeliydi.

Necati Ağabey göbek adının tehlike olduğunu söyleyip öne atıldı. Deve kuşu ise şaşırmıştı çünkü göbeğinde "Necat" yazıyordu.

Sonrasında ise olanlar oldu. Köprünün halatı ağırlığa dayanamadı ve bir anda koptu. Necati Ağabey akarsuya düşmüştü.

Zorla bir taşa tutundu ve deve kuşundan yardım istedi; "Çabuk uçarak kurtar beni!".

Deve kuşu uçamadığını söyledi, telaşla sağa sola koşturmaya başladı. Necati Ağabey ise daha fazla tutunamadı ve bir sorunun daha cevabını öğrenmenin mutluluğuyla kendini hızla akan suya bıraktı.

Biz de bu sırada ipin sonuna varmak üzereydik. Babamın yüzü artık kırmızı değildi ancak garip bir şekil almıştı. Suratı buruşuk, gözleri kısık... Bunun bir anlamı olabilirdi, gözleri iyi görmediği için uzaktaki bir şeye bakıyordu.

Hemen oraya baktım ve İpek'in kozasını bir taşın üstünde gördüm. Sonunda bulmuştuk, çok sevinçliydik. Hemen yanına koştuk ve babam kozayı eline aldı.

Koza, yuvarlanmayı tam akarsuyun kenarında bırakmıştı, eğer suya düşseydi onu asla bulamayacaktık. Babam; "Şu akıntıya bak, çok güçlü, sesinden bile anlaşılıyor." dedi. Sonrasında dinlemeye koyuldum ve kulaklarıma inanamadım.

Akarsu bağırıyordu, evet bağırıyordu. Babam yine o garip suratını yaptı, şimdi de duymaya çalışıyordu. Sanırım yaşlandığını kabul etmelisin baba... Akarsuyun sesi gerçekten de çok güçlüydü. Nasıl desem, bildiğiniz çığlık atıyordu akarsu. Ama? Ama... Akarsu adımı söyledi! Konuşabilen bir akarsu!

Anladık ki, ses akıntıya kapılan Necati Ağabey'den geliyormuş. Bir an derin nefes alıp rahatladık, aklımızı kaybetmemiştik. Sonra nefesimiz kesildi, çünkü Necati Ağabey sürüklenip gidiyordu. Babam hemen elindeki kozayı Necati Ağabey'e attı.

Necati Ağabey kozayı yakaladı. Biz de kozaya bağlı ipi çekmeye başladık. Necati Ağabey çok korkmuştu; "Çabuk çekin beni, balık tutar gibi!".

Balık olsa iyi, bildiğin balinaydı bu. Necati Ağabey alınınca hamside anlaştık.

Ama akıntı o kadar güçlüydü ki, Necati Ağabey sürüklenerek uzaklaştı.

Tuttuğumuz ipi bırakmadığımız için biz de suya düştük.

Zorla nefes almaya çalışırken Necati Ağabey'in sesini duydum; "Ortaköy'den geçer mi kaptan? Yoksa Boğaz'ın herhangi bir yeri de olur."

Kendime geldiğimde babam bir taşın üstünde, beni yakalamış yukarı çekiyordu.

Akarsuyun ortasında mahsur kalmıştık. En azından İpek'i bulduk diye seviniyorduk ancak nasıl kurtulacağımızı bir türlü çözemiyorduk. Çaresiz Necati Ağabey itiraf serisini başlattı; "Sanırım zeki değilim, nasıl kurtulacağımızı bilmiyorum...".

Bunu duyan babam cesaretlendi ve o da, "Kendimi kandırmaya gerek yok, ben de genç değilim ki akıntıya karşı yüzeyim..." diye hayıflandı. Evet, büyük an, itiraf ediyorum, ben de çok korkuyordum.

Bardağın dolu tarafından bakarsak, en azından hep beraberdik.

Ama... Nasıl olur? Necati Ağabey karşı kıyıdan bize gülerek seslendi.

Babamın şaşırmış suratını görmek için ona döndüm. Baba nereye kayboldun?

O da yanımda değildi. Necati Ağabey'in yanından bana el sallıyordu; "Buradayım oğlum!".

İyi de nasıl oraya gittiniz, beni neden almadınız? Kaldım mı şimdi akarsuyun ortasında bir başıma...

Tam gözümden yaş gelecekti ki, onu gördüm. İpek uçarak geliyordu. Uçarak mı? İpek'in kanatları, evet kanatları çıkmıştı. Meğer uykuya yatmamış, başkalaşım geçirmiş kozanın içinde. Tabii ya, nasıl unuturum. İpek böcekleri kozasında başkalaşım geçirir ve kanatları çıkar!

Hemen beni de yakaladı ve babamların yanına bıraktı.

Necati Ağabey ise orada saçmalaşım geçirip kanatlarının çıkmasını bekliyordu. Ona bir fil olduğunu hatırlattık. Sonra mutlulukla, "Evet, ben Necati, Fil Necati" dedi.

İpek'ten aldığımız ipeği anneme yetiştirdik.

Eksik "i" harfini Necati Ağabey için hemen ördü. Bununla kalmadı, artan parçaları kullanmaya devam etti.

Artık tüm ailenin birer kazağı vardı. Kazaklarımızla fotoğraf çekilmek için koltuğa sıralandık. Canan ve Peyami Dede de bize katılmıştı.

İpek böceğinin bile bir kazağı vardı. Annem kameranın düğmesine bastı ve yanımıza koştu.

Kamera biplemeye başladı. Babam "gülümseyin" diye bağırırken yine o garip suratını yaptı. Tam o sırada olanlar oldu.

Örümcek tavandan bir anda sarkınca korkudan fırladım ve işte sonuçta bu fotoğraf ortaya çıktı.

KELEBEK ETKİSİ!

Öyle uzun zamandır evde oturuyorum ki artık sıkıntıdan patlamak üzereyim.

Bir ailenin başına gelebilecek en kötü şey Fil Necati Ağabey'le aynı evde olmak herhalde, biz ne yazık ki bu talihsizliği yaşıyoruz. Annem sürekli oturan ve oturdukça acıkan aileyi ve özellikle Necati Ağabey'i doyurmak için ne yapacağını şaşırmış durumda. Yaptığı yemekler ocakta pişerken, yeni yemeklerin malzemelerini hazırlıyor.

Annemin önceleri abarttığını düşünüyordum ama haklıymış. Biz ilk turu yerken Necati Ağabey tüm tabak haklarını bitirip ocağın başına gidiyor, herkesten önce ikinci tur yemeğini almak üzere tek kişilik sıraya giriyor.

Annem her ne kadar, "Dur Necati, daha pişmedi, bekle biraz..." dese de o ısırdıkça hışır hışır sesler çıkaran sebzeleri tencereden alıp ağzına atıyor. Eh bu sonuçta evin içinde bir kelebek etkisi yaratıyor, o doymadıkça bizler de paniğe kapılıp her an daha fazla yemek üzere kendimizi programlıyoruz.

Durum facia anlayacağınız, hepimiz ekmeğimizin peşindeyiz, ev yemek kokusundan ve bulaşıktan geçilmiyor.

Babam ise normal zamanlarda kahveye hiç gitmemesine rağmen bu kadar evde oturunca bilmediği bir aktiviteyi bile özlemeye başladı.

Bizim salonu kahvehaneye çevirdi, gidip üç demlikli, sactan yapılmış özel kahvehane çaydanlığı aldı. Küçücük çay bardaklarını havalı havalı sıcak su musluğunu açarak çalkalıyor, ondan sonra çay dolduruyor.

Evde yiyecek hiçbir şey kalmadığı için alışverişe gidilmesi gerekiyordu. Annem normalde hepimizi birden alışverişe yollamazdı ama sanırım evde biraz sessizlik istediği için babam, Necati Ağabey, Canan ve ben birlikte çıktık.

Günlerdir sokak görmediğimiz için hepimiz şaşkın şaşkın etrafımıza bakıyorduk.

Necati Ağabey kaldırımlara taktı, adı niye kaldırımmış, indirim de olabilirmiş gibi gereksiz bir sohbete başladı. Bizi yoldan yukarıda tuttuğu için bence kaldırım denmesi mantıklıydı.

Fil Necati Ağabey'in harekete ihtiyacı var anlaşılan, evde oturmaktan sıkılmış olmalı, aniden "Adı keşke abartırım olsaydı, o zaman böyle abartarak koşardıııkkk..." dedi ve kaldırımda koca gövdesini savurarak bir sağa bir sola koşmaya başladı. Ben de "Necati Ağabey yapmaaa, anne-emmm..." diyerek peşinden gidiyorum

ama bizimkini durdurmak ne mümkün...

Son hızla ilerleyip elinde kırmızı balonuyla çok masum ve çok mutlu kendi kendine duran küçük bir çocuğa çarptı, ikisi de yere düştüler.

Çocuğun balonu yer çekimi kanunlarına uymadı ve hidrojen gazı desteğiyle gökyüzüne doğru hızla yükselmeye başladı.

Çocuk "Balonum, balonum," diye ağlamaya, Fil Necati Ağabey de "Beni kaldırın, beni kaldırın!" diye bağırmaya başladı.

Ortalık yine karıştı. Babam da çocuktan farksız, Necati Ağabey'in elinden tutmuş; "Kaldırım mı indirim mi?" diye hem soruyor, hem de Necati Ağabey'i kaldırır gibi yapıp tekrar geri bırakıyordu.

Anlaşılan babam da en az Necati Ağabey kadar sıkılmış evde kalmaktan, bu hareketlerinin başka bir açıklaması olamaz diye düşünüyorum.

Biz çocuğu teselli etmek isterken balon yükselmeye devam ediyordu,

o sırada dondurma yiyen başka bir çocuğun da gözü balona takılmıştı. Dalgınlıkla başını yukarı kaldırırken elindeki dondurmayı düşürdü,

Necati Ağabey "İndirimden dondurma yiyeceğiimmm..." diyerek aslında kaldırıma düşmüş olan dondurmaya doğru koşmaya başladı, neyse ki o daha dondurmaya ulaşamadan, koşu yapan bir genç dondurmaya bastı ve düştü.

Neyse ki dedim ama hangisi daha kötü bilmiyorum, Necati Ağabey kaldırımdan dondurma yalasa koşucunun düşmesine engel olacaktı, bu daha mı iyi olurdu acaba?

Bilemedim şimdi...

Ben derin düşüncelere dalmışken bu kez de düşen koşucuya takılan bisikletli bir adam düştü,

adamcağız yerde şaşkın şaşkın etrafına bakarken bisiklet de yokuş aşağı gitmeye devam etti.

Necati Ağabey dondurmayı kaybedince bu kez de bisikletin peşine düştü. Ben de Canan'la birlikte balonlu çocuğu teselli etmeye çalışıyordum. Onun ise sakinleşmeye hiç niyeti yoktu, balonla birlikte onun ağlaması da giderek yükseliyordu.

Daha bitmedi tabii ki, bizim maceralar giderek büyüyen kartopu gibidir, ilerledikçe etki alanı genişler, zapt edilemez hale gelir. Bisiklet yokuş aşağı sürücüsüz şekilde ilerlerken bizim maceralar gibi giderek hızlanmaya başladı ve ne acıdır ki karşıdan da bir çöp kamyonu geliyordu ve şoför yola bakmak yerine dinlemek istediği müzik cd'sini aramakla meşguldü.

Son anda bisikleti gördü ama artık modern metal bir heykel yaratmaktan başka şansı yoktu, ezdi geçti.

Bu arada kamyonun arkasında tutunan çöp işçilerinden biri sarsıntıdan etkilendi, yerinden fırlayıp yandaki çöp konteynerinin içine düştü.

Eh konteynerin bir aksiyon filminin içine düşmüşken sakince yerinde durmasını beklemiyorsunuz değil mi?

Asla durmaz, yıllardır köşede içine çöp atılmasını bekleyen bir kutunun eline fırsat geçmiş kaçırır mı o da hemen yola çıktı, araba yolunun tam üstünde, içindeki arkadaşla birlikte son sürat ilerlemeye başladı.

Bu andan sonra, yolda bulunan herkes gözünü ekrana pardon yola dikti, çünkü Amerikan filmleri tadında bir aksiyon filmi sahnesi izliyorduk. Çöp konteyneri önüne çıkan bütün araçların sağa sola savrulmasına, başka araçlara çarpmasına neden olarak ilerlemeye devam ediyordu.

Neyse ki maceranın başlamasına neden olan kaldırım, olaydaki payını hatırlayıp konteynerin tekerleğine takıldı da daha fazla arabanın modern heykele dönüşmesini engelledi.

Bir sergi açmaya yetecek kadar sanat eseri oluşmasına çok az kalmıştı ama milli ekonomiye fazla zarar vermemek esastır.

Parktaki basketbol potasının içine sert bir giriş yaparak durdu.

Bu arada basketbol sahasında bizim Kumpir ve başka bir çocuk oyun oynuyordu, çocuk arkası dönük potaya topu atıp basket atacağı iddiasındaydı, Kumpir ise her zamanki gibi ismi üzerine iddiaya girmekle meşguldü.

Potada sıkışmış işçiyi görmediler, zavallı adam bu kez de tam kafasına üçlük bir top yedi.

O kaderine küsmüş şekilde kendine gelmeye çalışırken bu kez de onun kafasından seken top biraz yukarıda uçup kendi kendine bütçe hazırlamaya çalışan bir kuşa çarptı.

Garip hayvan doğrusu, herkesin uçan kuşa borcu olduğunu söyleyen atasözüne takılmış. Ona kimsenin borcu yokmuş, bu alacaklı kuşlar neredeymiş, o da onlardan olmak istiyormuş. Derken başına gelen top onu ayılttı, sıradan bir kuş olarak paraya ihtiyacı olmayacağına karar verip biraz yiyecek bulmak üzere uzaklaştı.

Ondan seken top nereye gitti göremedim, ama ısrarla ilerlediğinden ve her sıçramasında ortalığı daha da karıştırdığına emindim.

Tahminimde yanılmamışım, gerçekten de bulunduğumuz mahalleden başlayan bir karmaşa tüm şehri sarmış durumdaydı, her yerden korna sesleri, çocuk ağlamaları, sirenler duyuluyordu, hava ısınmış lastik ve duman kokuyordu.

Bir kırmızı balondan gelinen nokta bilimkurgu filmlerini aratmayacak kadar korkunçtu.

Canan bunun Kelebek Etkisi olduğunu söyledi, bir kitaptan öğrenmiş, küçücük bir hareket başka bir olaya, o olay başka bir olaya neden oluyor ve olayların şiddeti giderek artabiliyormuş.

Bu durumda kelebek etkisini yaratan Fil Necati Ağabey olmalıydı, küçük çocuğa çarpmasa bütün bu karmaşa başlamayacaktı. Acaba biz bu etkiye Fil Etkisi mi desek? Uluslararası bir tanım olmayabilir ama kocaman şişman ve mor bir file kelebek muamelesi yapmak da biraz saçma olacak.

Karmaşayı durdurmanın tek yolunun olayları başlatan kırmızı balonu geri getirmek olduğuna oy birliği ile karar verdik,

böylece hem dakikalardır ağlamaktan hiç vazgeçmeyen ve artık iyice sinirlerimizi bozan balonu kaybolan çocuğu susturacaktık, hem de olayı erkenden çözüp tüm şehri sarmasına engel olacaktık.

Biz balonu bulmak üzere düşünürken hayatı boyunca hiç düşünmemiş ve düşünmeyecek olan Necati Ağabey "Givaiyykkk..." diye ancak harflerle yazılabilecek garip bir sesle bağırmaya başladı.

Meğerse kelebek lafını duyunca onları bu sesle çağırmaya karar vermiş.

Kelebek dediğin çağrılmaz, çağrılsa bile bu kötü sese gelmez, bırak kelebeği yeryüzünde bu çağrıya cevap verebilecek kimse bulunmaz.

Şimdi bu son paragrafı olduğu gibi çiğneyip yutuyorum, üzerine de hazımsızlık yapmasın diye büyük bir bardak ılık su içiyorum.

Çünkü yanımıza kocaman bir kelebek geldi ve "Buyur Ağabey beni mi çağırdınız?" dedi.

Demek ki neymiş kelebekler "givaiyykkk" diye çağrılabilirmiş. Fil Necati Ağabey çok sevindi, halini görseniz yıllardır fil olarak değil de kelebek olarak yaşamış sanki öyle gururlu, öyle havalı... Neyse ki kelebek buna yüz vermedi, kozasından çıkıp gelmiş, halimize bakıp yardımcı olamayacağını söyledi ve gitti.

Hepimiz şehre dağılıp farklı yönlerde kırmızı balonu aramaya başladık, ama tabii adı üstünde uçan balon, hiçbirimiz uçamadığımız için kaldırım seviyesinde arama yapıyoruz, balon uçmaktan vazgeçmezse onu bulmamız biraz zor olacak.

Bizim kelebeğimsi filimizden ondan beklenmeyecek kadar iyi bir fikir çıktı, Mirket Ağabey'le konuşursak balonu bulmamıza garip aletleriyle yardım edebileceğini söyledi.

Hemen laboratuvara gittik, gerçekten de Mirket Ağabey daha önce kayıp eşya bulma makinesi yapmış ama nereye koyduğunu bulamıyor.

Neyse ki kısa sürede icat edilen makineyi bulduk,

Mirket Ağabey aletin ekranına kırmızı balon resmi yükledi,

gerçekten de birkaç saniye sonra bizim balonun gerçek görüntüsü ekrana geldi.

Mirket Ağabey elimize bir tablet tutuşturdu, bununla balonu takip edebilecektik, ama fazla yüksekten gittiğini, beş yüz metre daha yükselirse azalan basınçla daha fazla şişeceğini ve patlayacağını söyledi.

Takibe başlamak için tam laboratuvardan çıkıyorduk ki

başka bir sürprizle karşılaştık, büyük bir taşıma balonu kapıya park etmiş bizi bekliyordu.

Meğerse bizim Mirket Ağabey'in araç parkında balon da varmış. Kırmızı uçan balonu takip etmek için yine kırmızı başka bir taşıma balonuna binecektik. Biz içine yerleşirken; "Yeni boyattım, dikkat edin çizilmesin, kaporta boyası çok pahalı..." dedi.

Dönüşte gidip soracağım, küçücük oto tamir atölyesinde koca balona nasıl boya yapıyorlar, görmeden inanmam.

Bizim Necati Ağabey de konuya başka yerden takıldı, balonun kaç bastığını soruyor, yukarı doğru çıkarken mi? Yeryüzüne yatay uçarken mi? Cevapsız sorular silsilesi...

Bence sadece hava basıyor bu balon...

Öne oturmak konusunda babamla Necati Ağabey uzun süre tartıştı ama emin olun anlamadım. Balonun sepetinde her yer aynı, önde oturma diyerek nereyi kapmaya çalışıyorlar ki?

Balon da havalanırken dönmeye başladı, her yer hem ön, hem arka oldu.

O sırada yerden bize doğru yaklaşan bir turist bize seslendi, Kapadokya diye bağırıyor, balonu görünce oraya gittiğimizi sandı herhalde...

Necati Ağabey hemen cevap yetiştirdi, "No Kapadokya, şiş kebap, Sultanahmet..." diye bir şeyler söyledi.

Ben anlamaz diye düşündüm ama anladı, Kapalıçarşı'ya gidesi varmış, balona tırmanmaya çalışıyor.

O sırada Fil Necati Ağabey balonun koluna asılınca aniden yükselmeye başladık.

Adam da sepetin kenarından sallanarak bizimle gelmeye devam ediyor.

Yükseltme kolunu biliyoruz da indirme kolunu henüz keşfetmemiştik. Adamcağız bir süre dayanıp sonra aşağı düştü, ben panikle arkasından bakarken Necati Ağabey mutlu mesut şarkılar söylüyordu.

Neyse ki Mirket Ağabey düşen adamı havada yakaladı, turizm ülkemiz için önemli tabii, bacasız sanayi diyoruz.

Turist, Profesör Mirket'in kucağında sağ salim toprağa bırakılırken hâlâ lokum, şiş kebap sayıklıyordu.

Götürsünler bari ülkesine dönünce ne kadar aksiyonlu bir yerde tatil yaptığını anlatır, reklamımız olur.

Bizim balon hızla yukarı doğru yükselirken

tam da beklediğiniz üzere yeni bir talihsizlik yaşadık.

Basketbol topunun çarptığı kuş gelip bizim balona gagasını takıverdi.

Balon hava kaçırmaya başladı. Önce sağa sola yalpaladı, sonra bize çarpan kuşu yukarıda gördüm. Meğerse balon ters dönmüş biz aşağı doğru düşüyormuşuz. Kuş da şaşkın arkamızdan bakıp gaklıyor.

Düşüyoruz, düşüyoruz bir türlü bitmiyor, biz farkında olmadan çok yükselmişiz.

O kadar çok düştük ki, Necati Ağabey acıkıp cebinden çıkardığı muzu yemeye başladı.

Baktık ki sonunda çakılacağız, çare aramaya başladık.

Necati Ağabey muzu bitirdikten sonra ellerini güzelce üstüne silip kanat çırpmayı denedi.

Ama kilo ve kanat açıklığı kıyaslaması olarak en şanssız olanımız o, koca bedenine göre kolları kanat bile sayılmaz, bırakın süzülmeyi hızı bile yavaşlamadı.

Babam "Keşke paraşütümüz olsaydı." deyince Necati Ağabey ceplerini boşaltmaya başladı, ceplerinden çıkanları görseniz şaşırırsınız.

Buzdolabı, tabak, çanak, çatal gibi bir sürü mutfak malzemesi ceplerden çıktı.

Dikkatinizi çekerim, sadece yemekle ilgili şeyler, yara bandı yok mesela, ya da paraşüt çıksa süper olacak ama o da yok tabii...

Yere çok yaklaştık, dünya giderek büyüyerek üzerimize geliyordu.

Birden bire görüş mesafemize üç tane trambolin girdi, Canan'la Mirket Ağabey de oradaydı.

Sanırım laboratuvarda bizim düştüğümüzü görüp tedbir almışlar. Çok ince hesaplanmış şekilde yerleştirilen trambolinlere düştük gerçekten ve üzerinde sekerek aynı hızla gökyüzüne geri yükseldik.

O arada derede bir de bana fotoğraf çektirdiler.

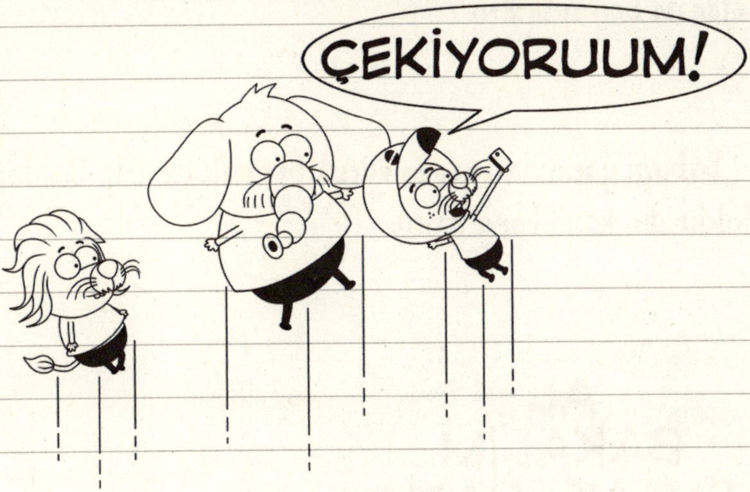

İkisini de alacakmışım, sanki havada uçarken insan konumunu ayarlayabilirmiş gibi. Ben mi çocuğum? Onlar mı?

Bizim düşüşler de uçuşlar da hep çok uzun sürüyor, bu sefer de ben susadım.

Babam yanından geçen küçük bir bulutu sıkıp bardağa su doldurdu, kana kana içtim.

Buluttan su içmeyi torunlarıma bile anlatacağım.

Necati Ağabey durur mu o da hemen acıktığını söyledi.

Hâlbuki daha demin düşerken muz yemişti.

Neyse babam ona da paraşütle alçalan bir dana yakaladı ama arkadaş serbest atlayış yapıyormuş

bu sayede canını kurtarıp aşağı doğru süzülmeye devam etti.

Biz ise hala yükselişteyiz.

Daha nereye kadar gidebileceğimizi görmek için kafamı yukarı kaldırınca peşine düştüğümüz kırmızı balonu gördüm, az üstümüzdeydi.

Necati Ağabey çok yakın duruyordu.

Ona söyledim, büyük bir nefes alıp kendini ciğer gücüyle balona doğru ittirdi ve ipinden yakalamayı başardı.

Yeniden düşüşe geçmiştik ama tabii ki uzun sürüyordu. Kırmızı balonun uzaya çıkmak gibi bir niyeti varmış.

Necati Ağabey'e yemek yemeyi yasakladık, sıkı sıkı balonun ipini tutuyor.

Trambolinlere vurup yukarı, sonra yine aşağı derken bir

süre indik, çıktık.

Durmayı başardığımızda neredeyse akşam oluyordu.

Hemen balonu dikkatle sabahtan beri hiç susmadan ağlayan çocuğa götürdük.

Biz oraya vardığımızda Mirket Ağabey çocuğun sesine dayanamadığı için kulaklık takmış Klasik Türk Müziği dinliyordu.

Çocuk balonu görünce neyse ki sustu, ama bizim dertlerimiz bitmez ki...

Bu sefer de Necati Ağabey "Ben bu balonu çok sevdim, kaç saattir birlikteyiz, hayatımda önemli bir yere sahip artık, onu veremem." demeye başladı.

Onu duyan çocuk yeniden ağlamaya başladı.

Mirket Ağabey kulaklığını takıp bu sefer de hip hop dinlemeye başladı.

Ben de "her şey yeniden başlıyor," diye söylenmeye başladım.

Babam duruma el koydu, Necati Ağabey'e balon alacağına dair söz verdi. Artık bu maceranın da sonuna geldik diye seviniyordum, şaşırmayın arkadaşlar bizim maceralar çok yorucu farkındaysanız, benim de uyuyup dinlenmem lazım.

Üst üste birden fazlasını yaşayamıyorum, genç olabilirim ama ruhum yorgun valla, siz de bizim ailenin üyesi sayılırsınız, ne demek istediğimi anlıyorsunuzdur. Bitmedi, yine bitmedi...

Bizim basket topunun çarptığı kuş yukarıdan aşağı pike yaparak geldi ve tam kırmızı balonunu eline almış sevinen çocuğun şaşkın bakışları arasında balonu patlattı.

Çocuk yeniden ağlamaya başladı, dondurma yiyen çocuğun gözü yine balona takıldı, elindeki dondurmayı düşürdü.

Necati Ağabey kaldırıma düşmüş olan dondurmaya doğru koşmaya başladı.

Koşu yapan bir genç dondurmaya bastı ve düştü.

Düşen koşucuya takılan bisikletli bir adam düştü, bisiklet yokuş aşağı gitmeye devam etti.

Çöp kamyonu geliyordu, her şey yeniden başlıyordu, "İmdaatt... Artık saatlerce yükselmek, sonra saatlerce inmek istemiyorum..."

MUHTİŞİM KİTAPLAR!
MUHTİŞİM MACERALAR!

KRAL ŞAKİR
TEK KİŞİLİK DEV ORKESTRA!
KRAL ŞAKİR
TEK KİŞİLİK DEV ORKESTRA!
çocuk

KRAL ŞAKİR
MACERA DEVAM EDİYOR!
KRAL ŞAKİR
MACERA DEVAM EDİYOR!
çocuk

KRAL ŞAKİR
ANLATSAM FİLM OLUR!
KRAL ŞAKİR
ANLATSAM FİLM OLUR!
çocuk

KRAL ŞAKİR
HAYAT KISA FİLLER UÇUYOR!
KRAL ŞAKİR
HAYAT KISA FİLLER UÇUYOR!
çocuk

KRAL ŞAKİR
DOSTUM BU ÇOK HAVALI!
KRAL ŞAKİR
DOSTUM BU ÇOK HAVALI!
çocuk

KRAL ŞAKİR
DÜRÜMLER KARIŞIK!
KRAL ŞAKİR
DÜRÜMLER KARIŞIK
çocuk

KRAL ŞAKİR
POSTER HEDİYELİ
MOR BİR FİL
GÖRDÜM SANKİ!
KRAL ŞAKİR 7 MOR BİR FİL GÖRDÜM SANKİ
çocuk

KRAL ŞAKİR
MACERA
ADASI!
KRAL ŞAKİR 8 MACERA ADASI!
çocuk

DÜNYANIN EN MUHTİŞİM
MOBİL OYUNU!
KRAL ŞAKİR
MACERA ADASI
YENİ BÖLÜMÜYLE SİZLERLE!
KODU OKUT
OYUNU İNDİR!
EKSİK PARÇA
çocuk
/eksikparcayayinlari
/eksikparcacocuk
www.eksikparca.com

KRAL ŞAKİR
MUHTİŞİM EĞİTİCİ KARTLAR ÇIKTI!
KRAL ŞAKİR
MUHTİŞİM EĞİTİCİ KARTLAR!
ÇARPIM TABLOSU!
ARTTIRILMIŞ GERÇEKLİK KARTLARI
HEM EĞLEN, HEM ÖĞREN!
HEM DE ARTTIRILMIŞ GERÇEKLİK TEKNOLOJİSİYLE KARAKTERLER ADETA CANLANIYOR!
KRAL ŞAKİR
MUHTİŞİM EĞİTİCİ KARTLAR!
İNGİLİZCE HAYVANLAR!
ARTTIRILMIŞ GERÇEKLİK KARTLARI
HEM EĞLEN, HEM ÖĞREN!
KRAL ŞAKİR
MUHTİŞİM EĞİTİCİ KARTLAR!
KORSANLAR DİYARI
HAFIZA KARTLARI!
ARTTIRILMIŞ GERÇEKLİK KARTLARI
HEM EĞLEN, HEM ÖĞREN!
HEM EĞLEN, HEM ÖĞREN!
TÜM SATIŞ NOKTALARINDA!
KARTLARI SATIN AL, QR KODU OKUTARAK UYGULAMAYI İNDİR, EĞLENMEYE VE ÖĞRENMEYE BAŞLA!